XVII.

A

Voyés

Z. 2181.
B.2.

Y.5051
2

Y.2. ..1527 7824

A PARIS Chez Guillaume de Luyne, au
Palais sous la montée de la Cour des Aydes
Auec priuilege du Roy. 1654.

TYPHON,

OV LA

GIGANTOMACHIE.

Poëme Burlesque.

DEDIE'

A MONSEIGNEVR

L'EMINENTISSIME

CARDINAL

MAZARIN.

TOME SECOND.

Imprimé A ROVEN, Et se vend

A PARIS,

Chez GVILLAVME DE LVYNE, Libraire
Iuré, au Palais, dans la Salle des
Merciers, à la Iustice.

M. DC. LXIII.

AVEC PRIVILEGE DV ROY.

TYPHON,
OV LA
GIGANTOMACHIE.
POËME BVRLESQVE.
CHANT PREMIER.

IE chante, quoy que d'vn gofier
Qui ne mâche point de Laurier,
Non Hector, non le braue Ænée,
Non Amphiare, ou Dapanée,
Non le vaillant fils de Thetis,
Tous ces gens-là font trop petits,
Et ne vont pas à la ceinture
De ceux dont j'écris l'aduanture :
Ie chante cet homme étonnant
Deuant qui Iuppin le Tonnant
Plus vifte qu'vn trait d'Arbalefte
S'enfuit fans ofer tenir tefte :
Ie chante l'horrible Typhon,
Au nez crochu comme vn Griffon,
A qui cent bras longs comme gaules
Sortoient de deux feules épaules,
Entre lefquelles on voyoit
Tefte qui le monde effrayoit,

A iij

Tefte qui n'eftoit pas à peindre,
Mais tefte à redouter & craindre ;
Au refte, d'efprit fi quinteux,
Que i'en fuis quelquefois honteux.
IE CHANTE auffi Meffieurs fes freres,
Qui certes ne luy cedoient gueres,
Tant à déraciner des Monts,
Qu'à paffer Riuieres fans Ponts,
Mettre les plus hautes Montagnes
Au niueau des plates Campagnes,
Et des grands Pins faire baftons,
Qui n'eftoient encor affez longs,
Defquels maints grands coups ils donnerent
A maints Dieux qui ne s'en vanterent
Quand ils retournerent aux Cieux :
Mais fait bon battre glorieux.
    O Grand MAZARIN ! ô Grand Homme!
Riche Trefor venu de Rome,
Laquelle n'a pas fur ma Foy
Rien gardé de pareil pour foy ,
En quoy paroift fa courtoifie,
Dont la France la remercie.
Efprit qui ne t'endors jamais,
Expert en guerre , expert en paix ,
IVLE plus Grand que le Grand IVLE,
Qui nous fers autant qu'vn Hercule,
Sur lequel on dit qu'eftant las ,
S'accoudoit autrefois Atlas ;
Si tu voulois ton Arc détendre,
Et daignois jufqu'à moy defcendre,
Si les petits Vers que j'é cris
    T'arrachoient le moindre foûris,
    S'ils te caufoient la moindre joye,
    Ie le jure afin qu'on me croye,

Par le Chef de saincte HAVTEFORT,
Et c'est à moy jurer bien-fort,
Que malgré les maux que j'endure,
Malgré fortune toûjours dure,
Ie me tiendrois aussi content,
Que si n'estant plus impotent
Ie pouuois à ton Eminence
Faire profonde reuerence :

Mais, helas ! chetif ie ne puis,
Roide comme vn baston ie suis,
Et par maudite maladie
Dont ma face est toute enlaidie ;
Ie suis persecuté deslors
Que du tres-adorable corps
De nostre Reyne, que tant j'ayme,
Sortit LOVIS quatorziesme,
Louys surnommé Dieu donné,
Pour le bien de la France né,
Qui secondé de ta prudence
Nous mettra tous dans l'abondance,
En dépit des maudits Geans,
Des Mutins, des mauuaises gens,
Qui regrettez ne seroient gueres
S'on les voyoit habiter bieres,
Tandis que les bons demeurez
Habiteroient Palais dorez.
Mais pour vn Poëte grotesque,
Ie m'écarte trop du Burlesque ;
Retournons-y donc promptement,
Aussi bien c'est nostre élement,
Et décriuons bien la furie
De toute la Giganterie ;
Comme le grand fils d'Alcmena
De sa Masse les mal-mena,

A iiij

Comme Iupiter de ſon Foudre
Eut le paſſe-temps de les moudre,
Et fit à Typhon leur grand Chef,
D'vne Montagne vn Couure-chef.
    M V S E S qui viſtes leur audace,
Et vous ſauuaſtes de Parnaſſe,
Quand Iuppin qui lors s'effraya,
Sauue qui peut aux Dieux cria,
Et depuis la Voute Eſtoillée
S'encourut à bride auallée,
Auſſi timide qu'vn Conil,
Iuſques au riuage du Nil :
Dites-moy bien de quelles formes
De peur de ces Monſtres énormes,
Les Dieux furent lors reuétus,
S'il eſt vray qu'ils furent battus,
Ou ſi ce fut eux qui battirent,
Et les Geans aneautirent,
Ou s'ils furent aneantis
Par ces grands hommes mal-baſtis ;
Car, & d'eux, & des Dieux Celeſtes
Ne ſont demeurez aucuns reſtes :
De vous meſmes, & d'Apollon,
Quoy que tres-plaiſant viollon,
Force gens diſent que vous n'eſtes
Autre choſe que des ſornettes :
Mais ſoyez ſornettes ou non,
Ie vay commencer tout de bon.
Vn Dimanche bon iour bon œuure,
Typhon aux cheueux de couleuvre,
Apres auoir tres-bien diſné
Iuſqu'à ventre déboutonné,
Inuita tous Meſſieurs ſes freres,
Qui de luy ne s'éloignoient gueres,

A vouloir pour chasser l'ennuy,
Ioüer aux quilles auecque luy :
Ces quilles estoient longues Roches,
Dont il auoit de ses mains croches,
Sans nul marteau ny ferrement,
Fait vn jeu ie ne sçay comment ;
Elles n'estoient pas des plus belles,
Ny bien faites, mais telles-quelles,
Et la boulle ne rouloit pas,
Mais seulement alloit le pas,
N'estant qu'vne roche quarrée
En boulle fort mal figurée.
Ce fut enuiron la my-May,
Temps auquel on a le cœur gay ;
Et ce fut dans la Thessalie
Que cette trouppe tant jolie
Prit cette recreation,
Et joüa la collation.
Huit d'entr'eux aux quilles joüerent,
Et quelques autres parierent.
Ils joüoient au commencement,
Comme on fait tousiours, froidement ;
Mais cette race discourtoise,
Ne pût joüer long-temps sans noise ;
A la fin le jeu s'échauffa,
Deux fois bien fort on s'y fascha,
Et deux fois on s'y pensa prendre
Tant ils auoient le cerueau tendre,
Mais Typhon mettant le holà,
Empescha ce desordre-là,
Tellement que cette journée
Sans querelle fut terminée :
Mais mieux eût valu que cent coups
Ils s'entrefussent donnez tous,

A v

Et qu'vne mal-heureuse quille
N'euſt point attrapé la cheuille
Du grand pied plus long qu'vn arpent
De Typhon au crin de Serpent ;
Ce fut Mimas le Sanguinaire
Qui le fit ſans le penſer faire ;
Quoy que ce fut ſans y penſer,
Typhon penſa s'en offenſer,
Il ne fit pourtant pas la beſte,
De crainte de troubler la feſte ,
Il grinça ſeulement les dents,
Et les yeux de colere ardans,
D'où des éclairs ſortoient en foule ,
Il ramaſſa quilles & boule,
Et les jetta ſans regarder
Tant que ſon bras les peût darder,
Ces quilles d'vn tel bras ruées
Paſſerent bien-toſt les Nuées,
Et perçant la voûte des Cieux ,
Donnerent juſqu'où tous les Dieux
Humoient ſans ſonger à malice
L'exhalaiſon d'vn ſacrifice,
Et de Nectar ſe rempliſſoient,
Que les Deeſſes leur verſoient,
Reſolus de boire & reboire
Pour le moins juſqu'à la nuict noire.
Pour Mars il prenoit du Petun,
Mépriſant tout autre parfum :
Car depuis que dans la Hollande,
Où ſa renommée eſtoit grande,
A petuner il s'étoit mis ,
Comme on fait tout pour ſes amis,
Sans ceſſe ce traiſne-rapiere
Prenoit petun & beuuoit biere :

Et de vouloir l'en empefcher,
C'eftoit vouloir vn fourd prefcher,
Car il n'eftoit pas amiable,
Ains juroit Dieu comme vn vray Diable,
Vray figne qu'il auoit efté
Nourry comme vn enfant gafté,
Iuppiter le lance-Tonnerre,
Dormoit ayant bû trop d'vn verre,
Et Iunon qui n'auoit moins bû,
Dormoit fur vn lit à cul nu.
Enfin cette belle affemblée,
Qui ce jour-là fut tant troublée,
N'auoit garde de redouter
Que quilles les vinffent heurter;
Ce neantmoins quilles y virent,
Dont prefque perdus ils fe tirent;
Telle fut la confufion
De la celefte Nation.
Au bruit que tant de quilles firent
Les moins valeureux treffaillirent;
Iuppiter qui s'en éueilla,
Demanda, Qu'ay-ie entendu là?
A fa voix, qui la crainte infpire,
On fe regarda fans rien dire,
Mais s'en offençant, il cria,
Dittes donc, Qu'eft-ce qu'il y a?
Ce n'eft rien, répondit Ciprine:
Taifez-vous, petite putine,
(Du depuis on a dit putain,
Au lieu de tine mettant tain,
Et Cipris au lieu de Ciprine,
Tant noftre langue fe rafine,
Et toûjours fe rafinera
Tant que François on parlera.)

A vj

Mais fermons cette parentefe ;
Les yeux donc ardans comme braife,
A Venus Dame de renom,
Iupiter dit pis que fon nom,
Affront , qui fit monter le rouge
Au nez de cette belle Gouge;
Mais tandis qu'elle dérougit,
Ce Dieu de colere rugit,
Ce grand Dieu fait le diable à quatre,
Iufques à menacer de battre,
Et furieux comme vn Tyran
Iure deux fois par l'Alcoran,
(C'eftoit fon ferment ordinaire :)
Mais Pallas pour le fatisfaire,
Pallas qu'il eftimoit beaucoup,
Luy dit ; Sire vn furieux coup
De quelque machine de guerre,
Venu du cofté de la terre,
A tout brifé voftre buffet ;
Et qui diable tel coup a fait ?
Dit Iupin ; ce n'eft qu'vne quille,
Dit Mome à l'humeur fi gentille ;
Lors Iupiter , Maiftre bouffon,
Quand ie me fâche tout de bon,
Ie vous deffends la raillerie,
Quand il faudra rire qu'on rie,
Mais aujourd'huy ie veux fçauoir
Quel mortel a bien le pouuoir
De me venir troubler à table :
Quoy ! le Ciel eft donc penetrable,
Et l'on peut m'attaquer icy ?
Neuf quilles & la boulle auffi,
Luy répondit Pallas la fage,
Ont fait icy bien du rauage,

Mais vous voyant tant irrité,
Ie déguifois la verité,
Tous brifez font les verres noftres,
Si qu'il en faut achepter d'autres,
Ou bien boire au creux de nos mains,
Graces à Meffieurs les humains,
Qui deuiennent d'étranges fires,
Et tous les iours fe feront pires,
Si vous ne les en puniffez.
Ils ont donc mes verres caffez?
Dittes Iupin, c'eft trop d'audace!
Ha vrayment ie ne les menace
De Poires molles! mais ie veux
Tant pleuuoir, & grefler fur eux,
Qu'ils maudiront mille fois l'heure
D'auoir iufques dans ma demeure
Ofé faire vn coup fi hardy :
Encore vne fois ie le dy,
D'vne action fi temeraire,
Ie feray iuftice exemplaire.
Comme il vuidoit ainfi fon fiel,
Le Soleil entra dans le Ciel,
Ayant acheué fa iournée;
Trouuant la Cour toute étonnée,
Il s'enquit du plus prochain Dieu,
Du bruit qui troubloit ce Saint lieu;
Si-toft qu'il eut la chofe apprife,
De Silene à la barbe grife,
Grand Dieu, cria-t'il, j'ay veu tout,
Et le diray de bout en bout.
Dis donc fans tarder dauantage,
Mais dis-le vifte, car j'enrage,
Luy dit le grand Dieu Iupiter;
Lors le Soleil, fans hefiter,

Sire, i'ay veu Typhon n'agueres
Ioüer aux quilles & ses Freres,
Vne quille l'ayant blessé,
Il a tout le jeu ramassé,
Et quilles & boulle ruées
Vers le Ciel à trauers nuées:
Tais-toy, tu n'en as que trop dit,
Dit Iuppin, cét homme maudit
Est pour me donner de la peine.
Holà hau ! enfant de Cilene,
Pren tes deux jambes à ton coû,
Et cours aussi viste qu'vn fou,
Va trouuer cette grosse beste,
Et me luy laue bien la teste,
Apprens-luy bien ce que ie puis,
Ce qu'il est, & ce que ie suis,
S'il pense ainsi faire des siennes,
Qu'à la fin ie feray des miennes,
Et qu'il fera bien s'il me croit,
Desormais de charier droit ;
Ie n'en diray pas dauantage,
Va viste faire ton message,
Et pense à le faire si bien,
Qu'on ne trouue à redire à rien.
Mercure fit le pied derriere
D'vne fort gentille maniere,
Et sortit, mais à recullons,
De peur de montrer les tallons,
Puis ayant pris des tallonnieres
Rabillées depuis n'agueres,
Son sabre, & son bonnet aislé,
Et son bâton entortillé
De deux Serpens, ou deux Anguilles,
Par dessus champs, par dessus villes

Vola leger comme vn Faucon
Droit vers la montagne Helicon,
Pour voir les filles de Memoire,
Et là se rafraischir & boire.
Arriuant au double coupeau,
Il trouua le docte troupeau,
Les neuf sçauantes Damoiselles,
Assises dessus des bancelles,
Qui faisoient la dissection,
Auecque grande attention,
De Rondeaux, de Sonnets, de Stances,
Sur des chagrins, sur des absences,
Et sur des plaisirs accordez,
Iuppin les auoit commandez,
Iuppin qui du Ciel toûjours guigne
Quelque pucelle en droite ligne,
Dont sa femme Dame Iunon
Fait souuent mine de Guenon.
Trois des plus habiles d'entr'elles,
Mais ie n'ay pû sçauoir lesquelles,
Auoient fait ces beaux carmes-là,
A Mercure on les étalla,
Et le pria-t'on de les lire;
Il n'y trouua rien à redire,
Si ce n'est en quelques endroits
Des mots qui n'estoient pas François;
Puis il leur conta la colere
De Iuppiter leur commun Pere,
Et comme il estoit deputé
Deuers sa Gigantosité,
Pour apprendre à toute sa race,
Comme ce grand Dieu les menace,
Malgré leurs centaines de mains,
De les rendre moindres que Nains.

Là-deſſus vn pot de ſerizes,
Par ces Donzelles bien appriſes
Luy fut gayement preſenté,
Et le dedans d'vn grand paſté
Qu'Apollon leur Dieu tutelaire,
Leur auoit depuis peu fait faire,
Mais il n'en mangea pas beaucoup,
Il beut ſeulement vn grand coup,
Puis diſant, à Dieu vous commande,
Il quitta la ſçauante bande,
Et s'enuola ſans s'arreſter,
Où Typhon ſouloit frequenter.
   La nuit noire comme vne More,
N'eſtoit point arriué encore,
Lors que Mercure les trouua :
Mais toſt apres elle arriua,
Et cacha le Ciel de ſes voilles,
Parſemez de cent mille Eſtoilles.
Quant à ces hommes inhumains,
Et tres-dangereux de leurs mains,
Ils eſtoient lors dans vne plaine,
D'vne grande foreſt prochaine,
Occupez à faire vn bûcher,
Qui pouuoit rendre le bois cher,
Car vne foreſt toute entiere
Eſtoit du bûcher la matiere ;
Mais il leur falloit tout de bon
Grande quantité de charbon,
Car grande eſtoit la carbonnade
Dont ils vouloient faire grillade,
Et Mercure aux Cieux retourné
En eſtoit encore étonné.
Cent bœufs vollez par les charruës,
De leurs chairs ſanglantes & cruës

Couuroient pour le moins vn arpent,
De moutons quatre fois autant,
Eſtoient en guiſe d'alloüettes
En de grandes broches mal faites,
Bien qu'on les euſt faites exprés,
De grands Pins & de grands Cyprés,
Auſſi-toſt qu'arriua Mercure,
Ils firent vne ample ceinture
De leurs grands corps autour de luy;
Luy, non ſans crainte quelque ennuy
D'vne gent ſi brutale & fiere,
Leur parla de cette maniere.
Iupiter plus grand que vous tous,
Mille fois plus grand fuſſiez-vous,
Vous mande auec vos riches tailles,
Que vous n'eſtes que des canailles,
Particulierement Typhon
Luy ſemble vn tres-mauuais bouffon,
D'auoir de quilles ou de pierres
Oſé caſſer ſes plus beaux verres,
Si c'eſt querelle d'Alemant,
C'eſt bien manquer de jugement
De ne redouter pas la foudre
Dont il mit les Titans en poudre,
Ces grands hommes qu'il a perdus,
Deuroient bien vous auoir rendus
Moins entreprenans & plus ſages;
Mais plus cruels que des ſauuages,
Et ſans craindre Archers ny Preuoſts
Vous volez par monts & par vaux,
Des paſſans vous vuidez les poches,
Vous pillez Meſſagers & Coches,
Enfin, qui vous connoiſtra bien,
Dira que vous ne valez rien.

Or Iuppiter qui vous tollere,
Aimant la Terre voſtre mere,
Et non pas vous, qui ne valez
L'eau que tous les iours auallez,
Veut bien oublier voſtre audace,
Mais auſſi qu'on le ſatisfaſſe,
Et que dans trois ou quatre iours,
Maintenant qu'ils ne ſont plus courts,
L'vn de vous aille ſans remiſe
Droit à la ville de Veniſe,
D'où, cent verres de compte fait,
(Car pour remeubler tel buffet
Il faut pour le moins la centaine)
Deuant la fin de la ſemaine
Humblement luy ſeront portez,
Par ce moyen vous éuitez
Les traits du courroux redoutable
De ce grand Dieu tres-equitable.
Ainſi Mercure leur parla,
Typhon criant; Taiſez-vous là !
Car bien grand eſtoit le murmure
Que cauſoit harangue ſi dure,
Luy répondit d'vne voix d'Ours,
Et luy tint ce joly diſcours.
Mon pauure petit fils de Maye,
Ie ne dis que, daye dandaye,
A ces beaux diſcours gracieux,
Que vous nous apportez des Cieux;
Gentil Ambaſſadeur de quilles,
Croyez-moy, trouſſez vos guenilles,
Et ſçachez qu'il s'en faut bien peu
Qu'on ne vous jette dans ce feu;
Hà vrayment voſtre ſot meſſage
Eſt vn aſſez bon témoignage

Que les Dieux font moins gens de bien
Que nous, qui ne vous faifons rien :
Et pour vos taſſes & vos verres,
Qui feront tant choir de tonnerres,
Ię n'en ay pour voſtre grand Dieu,
Non plus qu'il en peut dans mon yeu :
Allez, voſtre dépefche eſt faite,
Tirez-vous d'icy brague nette.
Lors que Typhon euſt ainſi dit,
L'Aſſemblée à rire ſe prit :
Puis cette maudite aſſemblée
Se mit à faire vne huée,
Dont ce Dieu ſe trouua confus,
Autant que d'vn foufflet & plus :
Mais Typhon impofant ſilence,
Empefcha toute violence,
Et ce Dieu qui n'eſtoit pas fot,
Se retira fans dire mot.
Pour Typhon & toute ſa bande,
Ils firent cuire leur viande ;
Puis ayant mangé comme loups,
Et beu chacun plus de cent coups,
Prés du feu ces veaux s'étendirent,
Et paiſiblement s'endormirent :
Et moy qui vous écris cecy,
Trouuez bon que ie dorme auſſi.

Fin du premier Chant.

TYPHON,
OV LA
GIGANTOMACHIE.
POËME BVRLESQVE.

CHANT SECOND.

LA rouge Amante de Cephále,
De son Char où luit mainte opale,
Pleuroit, & répandoit ses pleurs
Sur les herbes & sur les fleurs.
Mercure sur le haut d'vn chesne,
Non sans auoir le corps en gesne,
Auoit cette nuict là gisté,
Pour reposer en seureté.
(Car ces campagnes estoient plaines
De voleurs, & de tire-laines)
Mais voyant l'aube il descendit
De ce tres-incommode lit,
Et se guinda, quittant la terre,
Vers la region du tonnerre,
Quand dans le Ciel il arriua,
Iupiter au lit il trouua,
Auec Dame Iunon sa femme,
Qui souuent luy chante sa game:

Car souuent moins sage que fou
Il va courir le guilledou ;
D'ailleurs, vn tres-grand personnage,
Plein d'honneur, esprit & courage,
Et vrayment vous l'allez bien voir ;
Car s'il n'eust bien fait son deuoir
Contre Typhon & sa sequelle,
Tous les Dieux en auoient dans l'aisle,
Ce Typhon auoit resolu,
S'il deuenoit maistre absolu,
Aux vns de leur raser les nuques,
Des autres faire des Eunuques,
Et distribuer aux Geans
Les Deesses & leurs enfans,
Pour en faire des choux, des raues ;
Mais à tous ces desseins si braues
Le succez ne fut pas égal,
Son pauure cas alla tres-mal,
Il fut battu, l'Acariastre,
Et quasi battu comme plastre,
Iupin fit choir cet homme lourd,
Et frappa dessus comme vn sourd,
Faisant voir luy cassant la teste,
Que son chien n'estoit qu'vne beste :
Et quant est de luy, qu'il estoit
Digne du sceptre qu'il portoit.
Mais disons par ordre la chose,
De peur que sur nous on ne glose,
Il estoit donc encor au lit,
D'où si-tost que Mercure il vit,
Il se jette sans robbe prendre,
Tant il estoit pressé d'apprendre
S'il auoit satisfaction
De cette fiere nation.

Et bien (dit-il) quelles nouuelles ?
Sont-ils foûmis ? font-ils rebelles ?
Faut-il punir ou pardonner ?
Faut-il fe refoudre à tonner ?
Grand Dieu , luy dit le fils de Maye ,
La chanfon de daye dandaye,
Eft tout ce que i'ay pû tirer
D'vn , fur qui vous deuez tirer
Et retirer foudre fur foudre,
Ou vous n'auez qu'à vous refoudre
D'eftre fans foudre ny demy,
Bien-toft pris de voftre ennemy.
Pour moy ie dois vne chandelle,
Pour l'auoir échappé fi belle,
Il ne s'en eft falu que peu,
Qu'on ne m'ait jetté dans vn feu :
Apres mainte niche foufferte,
Enfin , ayant la bouche ouuerte ,
Afin de leur reprefenter
Ce qu'ils auoient à redouter,
Ils fe font mis , fans me rien dire,
A s'entre-regarder & rire,
Puis fur moy crians au renard,
Et quelques-vns chien de baftard ,
I'ay veu l'heure qu'apres l'iniure
Voftre fils qu'on nomme Mercure,
Auecque fa Diuinité,
Alloit eftre au moins fouffleté :
Peut-eftre que dans la peur noftre,
I'ay pris vne chofe pour l'autre,
Et l'oreille m'a pû corner :
Mais le fafcheux mot de berner,
M'a frappé , me femble , l'oreille.
A tel mot, ce n'eft pas merueille

Si voſtre fils n'a plus ſongé
Qu'à prendre viſtement congé:
Et voila , grand Dieu du tonnerre,
Tout ce que i'ay fait ſur la terre.
Puiſſay-je auoir dans peu de temps,
La galle qui dure ſept ans,
Si j'adjoûte ou ie diminuë,
C'eſt la verité toute nuë,
Ce que ie vous dis icy d'eux,
Auſſi vray que nous ſommes deux.
Il acheua preſque en colere,
Car au viſage de ſon Pere,
Il remarquoit auec ennuy,
Qu'il n'eſtoit pas content de luy :
Mais Iuppiter comme homme ſage,
N'en donna pas grand témoignage ;
Il luy dit , allez déjeuner,
Et ne manquez apres diſner,
De donner ordre qu'on aſſemble
Toutes les Deïtez enſemble,
Pour ſçauoir d'elles tout de bon
S'il faut faire iuſtice , ou non.
Cependant Typhon dans ſon ame
Ne reſpire que fer & flame,
Et par cette legation,
Réueille ſon ambition ;
Encelade le temeraire,
Et Mimas le plus ſanguinaire
De tous ces ſuperbes garçons,
Luy donnent d'étranges leçons.
Ha vrayment , luy dit Encelade,
Si vous ſouffrez telle brauade,
Puiſſay-ie deuenir Nabot,
Si vous ne paſſez pour vn ſot.

Ie voy bien clair dans cette affaire,
Iuppiter veut vous faire taire,
Et vous voyant Moyne tondu,
Dieu sçait s'il fera l'entendu :
Mais pour moy deuant qu'on me tonde,
Ie feray perir tant de monde,
Qu'à iamais il ne sera iasé
Du grand Encelade rasé.
Si Iuppiter de son tonnerre
Fait quelquefois peur sur la terre,
S'il écorne quelques rochers,
S'il rompt quelques foibles clochers,
Ie veux qu'il sçache qu'Encelade
Sçait bien planter vne escalade;
Ouy, ie veux qu'il soit déniché
Du Ciel, où l'on le voit iuché,
Et que la maison étoilée
Deuenant maison desolée,
Venus, Pallas, & sa Iunon,
Sçachent si ie suis masle, ou non,
Si des Titans la fin tragique
Fait que tel affront ne vous picque?
Moy tout seul qui tres-picqué suis,
Feray voir seul ce que ie puis :
Demain dans ces mesmes campagnes
Mettant montagnes sur montagnes,
Ie feray voir à ces beaux Dieux
Qu'on peut bien les battre chez eux,
Que si les Titans y manquerent,
Les Dieux ne les en empescherent,
Des Dieux ce ne fut la vertu,
Mais ouy bien qu'ils n'en ont point eu,
Les poltrons, qu'vne peau de chévre
Fit fuïr plus viste qu'vn liévre :

Mais il

Mais peau de chévre ny de bouc
N'exemptera Iupin du jouc,
Ie veux qu'il en courbe la teste,
Ce beau Dieu Menace-tempeste,
Dont la foudre aura beau peter
Deuant qu'il me puisse arrester,
Ie n'en diray pas dauantage,
Me suiue quiconque a courage,
Et quiconque n'en aura point,
Garde son moule de pourpoint.

   Typhon, cette harangue oüye,
Parut la face réjoüye,
Et puis deuenant furieux,
Vomit la flame par les yeux:
Mimas le voyant ainsi faire,
De grand aise se mit à braire
A son frere Porphirion,
Aux dents & griffes de Lyon:
Le redoutable Alcionnée,
Plus méchant qu'vne ame damnée,
Ephialte, Eurite, & Pelor,
Athos, Celadon, Damasor,
Polibotte au groin de balleine,
Clytie, Hipolite, & Pallene,
Thoon, Agrie, Gration,
Coee, Iapet, Cinne, Echion,
Le grand assommeur d'ours Asie,
Almops, & l'endiablé Besbie
Se mirent à faire les fous,
Et hurlans plus fort que des loups,
Firent auec mille gambades
Deuant Typhon mille brauades,
Crians comme des furieux ;
Viue Typhon, Malheur aux Dieux.

B

Mais tandis qu'en terre on conjure
Iupiter , qui dans le Ciel jure
Pour le moins autant qu'vn chartier,
Commande qu'en chaque quartier
Chacun tienne ſes armes preſtes,
Puis de ſes foudres & tempeſtes
Faiſant la perquiſition,
Et trouuant la munition
Trop courte pour faire la guerre,
Fait retourner Mercure en terre,
Vers le Dieu qui fait les ſaiſons,
Pour auoir des exhalaiſons,
Auec ordre, s'il n'en veut vendre,
De s'en rendre maiſtre , & les prendre.
Le Soleil dit qu'il en auoit,
Mais que deſia l'on luy deuoit
D'argent , vne ſomme aſſez bonne,
Qu'au Ciel on ne payoit perſonne :
Mais pourtant de tout ſon pouuoir
Qu'il vouloit faire ſon deuoir :
Et bien qu'on ne les euſt vſées
Qu'à faire petards & fuſées,
Qu'il en alloit faire monter
Aſſez pour Iupin contenter.
Du Ciel autour duquel il tourne,
Iuſques où Iupiter ſejourne,
Mercure ne fut qu'vn moment,
Tant il vola legerement.
    Là les Deïtez aſſemblées,
Du bruit de la guerre troublées,
Faiſoient toutes, s'en falloit peu,
Bonne mine à fort mauuais jeu ;
Auſſi-toſt que Mercure ils virent,
Tres-auidement ils s'enquirent

Des forces que Typhon auoit,
Et quels gens de guerre il leuoit;
Et luy, tirant de sa pochette
L'Extraordinaire & la Gazette,
Les quitta, pour aller conter
Des nouuelles à Iupiter.
Cependant dans la grande sale
Où Iupiter son luxe estale,
Ces beaux Dieux furent introduis,
Sans se complimenter à l'huis;
Car entr'eux chacun & chacune
Sçait son rang selon sa fortune;
Par exemple le Dieu des Eaux
Precedoit celuy des Naueaux,
C'est à dire des jardinages;
Et Bachus, celuy des villages,
(Car on sçait qu'il est Dieu du sang)
Enfin eux tous selon leur rang
S'allerent mettre à la rengette
Dessus des sieges de mocquette.
Tost apres, Monseigneur leur Roy
Les vint trouuer en bel arroy;
Cupidon luy portoit la queuë
D'vne robbe de couleur bleuë,
Ses cheueux estoient retroussez,
Et joliment entre-lacez
D'vn fort beau ruban d'Angleterre,
Autrement ils trainoient à terre.
Dans sa main vn foudre il portoit,
Non pas de ceux-là qu'il jettoit,
Car il eust trop senty la poudre,
Mais seulement vn petit foudre
Qui ne portoit que douze pas,
Et souuent ne les portoit pas.

Auec luy son pere Saturne,
Vieillard seuere & taciturne,
Venoit apuyé sur sa faux,
De peur de faire des pas faux.
Il fut placé dans vne chaise
Prés de son Fils fort à son aise.
Enfin chacun estant entré,
Et Pallas ayant remontré,
(Elle estoit du Ciel Chanceliere)
De Typhon la réponse fiere,
Et comme tous ces furieux
Témoignoient d'en vouloir aux Dieux,
Et qu'on sçauoit bien que la Terre
Ne leur inspiroit que la guerre ;
Que le danger estant commun,
Iupiter vouloit que chacun
Dit son aduis en conscience,
Et parlast selon sa seance.
A peine auoit-elle acheué,
Que le Dieu Mars estant leué,
(Mars qui n'eut iamais de ceruelle,)
Cria, vous nous la baillez belle,
Auec vostre Geant Typhon :
Et vostre dessein est bouffon,
D'assembler des gens de ma taille
Contre cette vile canaille :
Deuant tous les Dieux ie le dy,
Taisez-vous Monsieur l'étourdy,
Dit Iupiter tout en colere,
C'estoit à Neptune mon frere
A parler, & non pas à vous,
Le Dieu des braues fila doux,
Et se remit dedans sa place,
Faisant tres-piteuse grimace,

Alors Neptune ayant touſſé,
Et pluſieurs crachats repouſſé
Qui vouloient ſortir tout enſemble,
Diſcourut ainſi, ce me ſemble,
Ie ne ſçay pas bien ſermonner,
Mais alors qu'il faudra donner,
Qu'il faudra que le trident jouë,
Et que noſtre bras ſe dénoüe,
Si quelqu'vn me voit des derniers,
Ie veux bien eſtre des premiers
A qui ces groſſes beſtes fieres
Feront donner les eſtriuieres.
Or ie veux donner trois aduis
Qui ſeront ſi l'on veut ſuiuis,
Si l'on ne veut pas ne m'importe.
Le premier, que par chaque porte
On n'entre & ne ſorte pas tant.
Le ſecond & plus important,
Attendez, ie vais vous le dire,
Il ſe teut, lors chacun de rire,
Car on s'aperçeut aiſément
Que le Dieu du moite Element
Auoit oublié ſa harangue.
Lors Iupin s'en mordant la langue,
Hé bien, quel eſt donc le ſecond ?
La memoire m'a fait faux-bond,
Dit Neptune, & ie penſe meſme
Auoir oublié le troiſiéme :
Mais quand ie m'en reſſouuiendray
Aſſeurément ie les diray.
Ne manquez donc pas de les dire,
Dit Mome s'ébouffant de rire,
Car ces aduis ſont des plus beaux.
A ce mot, le grand Dieu des Eaux

B iij

Deuint rouge comme escarlatte,
Car jusqu'à se rompre la ratte
Il voyoit rire tous les Dieux:
Mais Bachus s'essuyant les yeux
Fit cesser toute la risée:
Puis, d'vne parole posée,
Dont agreable estoit le son,
Harangua de cette façon.
Ie veux bien que dans la tauerne
Ie n'entre point qu'on ne m'y berne,
Si Monsieur le peuple Diuin
Faute de s'adonner au vin,
Ne passe pour sot chez les hommes,
Qui bien plus fins que nous ne sommes
Sçauent bien se donner du cœur
Par cette agreable liqueur.
Quittons, quittons là l'ambrosie,
Comme vne viande mal choisie,
Et nous adonnons aux jambons,
Qui sont si sauoureux & bons,
Laissons le Nectar aux malades,
Aussi bien que les limonnades,
Et que l'on fasse entrer ceans
Vin de Bourgongne & d'Orleans,
Et vous verrez que mes Menades,
Feront de telles algarades
A ces Monstres embatonnez,
Qu'ils en auront vn pied de nez,
Et que nous aurons la victoire.
Viste qu'on me luy donne à boire,
Dit Mome, car il a bien fait,
Et nous ferions bien en effet
De boire sans faire la guerre
Pour la simple patte d'vn verre,

Outre qu'ayant toûjours la paix,
Nous n'aurions la guerre iamais,
Vous ne voulez donc pas vous taire;
Enfin vous en pourrez tant faire
Que vous vous ferez soufleter,
Dit en colere Iupiter;
Mais quoy que Iupiter pûft dire,
Le drolle ne s'en fit que rire,
Et Vulcan qui ne l'aymoit point,
Tirant Iupin par son pourpoint,
Luy dit tout bas oftant sa tocque,
Sire, voyez comme il se mocque;
Iupiter dit, ie le voy bien:
Mais il ne valut iamais rien
Ny luy ny pas vn de sa race.
Remettez-vous en voftre place,
Et sans parler trop ny trop peu,
Apreuez-nous, grand Dieu du feu,
Le moyen de donner bon ordre
A ces chiens qui nous veulent mordre.
Lors Vulcan dit : Pere tres-haut,
Ie vous diray tout ce qu'il faut
Contre ces grands jetteurs de quilles.
Qu'on me faffe attacher des grilles
Aux feneftres qui font aux Cieux,
Et ie promets à tous les Dieux
De leur en faire de si bonnes,
Que sur leuis Diuines personnes
On ne pourra pas attenter;
Mais il ne faut plus s'arrefter
Dans cette affaire qui nous prefle,
Ie feray trauailler sans cefle
A nous griller comme Nonains:
Et lors ne fuffions-nous que Nains,

B iiij

Nous ne craindrons plus les surprises,
Et confondrons les entreprises
De ces endiablez de Geans,
Pires cent fois que mécreans;
Et c'est là le nœud de l'affaire.
Mome qui ne se pouuoit taire,
Dit, Ma foy c'est bien aduisé,
Et Vulcan est homme rusé,
Car aisément par les fenestres
Les Geans se feroient nos maistres.
Ainsi quand Corbie fut pris
On dit que quelques bons esprits
Ordonnerent qu'on fit des grilles
Pour se garantir des soudrilles
Du redoutable Iean de Vert
Qui lors les auoit pris sans vert.
Il dit cela comme extatique,
Et dans vn transport frenetique,
Iupiter qui le vit changé,
Comme quand on est enragé,
Vit bien que cette prophetie,
(Qui dans nos iours s'est éclaircie)
Estoit ouurage du Destin
Qui luy causoit cét auertin.
Cependant la nuict arriuée,
Et la troupe s'estant leuée,
Iupin fit signe de la main,
Et dit, l'on vous verra demain,
Chacun fit lors le pied derriere,
Et chacun dans sa chacuniere
Se retira sans faire bruit,
Qu'il estoit déja noire nuit.

Fin du second Chant.

TYPHON,
OV LA
GIGANTOMACHIE.
POËME BVRLESQVE.
CHANT TROISIE'ME.

TAndis que les fils de la terre
Ne songent qu'à faire la guerre,
Le Dieu qui préside aux saisons,
Amasse des exhalaisons.
Ces exhalaisons amassées,
Et deuers l'Olimpe chassées,
Déroberent le Ciel aux yeux,
Et l'aspect de la terre aux Cieux:
Mais ce fut bien moins le dommage
Des Geants, que leur aduantage:
Car ayans toute cette nuit
Trauaillé sans faire bruit
A leur temeraire entreprise,
Peu s'en fallut que par surprise
Le grand Encelade saus peur,
Fauorisé de la vapeur,
Ne fist aux Dieux vne incartade
Correspondante à sa brauade,

B v

Ayant entaßé mont ſur mont,
Et tâchant d'attacher vn pont
Contre vne petite feneſtre
Dont il ſe vouloit rendre maiſtre,
A l'inſtant meſme l'on l'ouurit;
Lors Dieu ſçait quelle peur ſurprit
Iupiter, qui par aduanture
Faiſoit cette ſotte ouuerture.
Qu'il me pardonne, s'il luy plaiſt,
Si ie dis que tout Dieu qu'il eſt,
A l'aſpect de ce gros viſage
Il penſa perdre le courage,
Au moins s'écria-il bien fort,
Miſericorde, ie ſuis mort !
A ſon cry, Iunon éueillée,
Vint à luy toute débraillée,
Et criant bien fort, trahiſon,
Eſueilla toute la maiſon.
Sur ces piteuſes entrefaites,
Deux Dieux auec des eſcoupettes ,
Vinrent ſe joindre à Iupiter,
Qui ne faiſoit que tempeſter,
Criant, que l'on me donne vn foudre,
Ma meſche , & ma boitte à la poudre.
Enfin le foudre eſtant venu,
Le bras droit juſqu'au coude nu :
(Car tel eſtoit ſon équipage
Quand il vouloit faire carnage)
Il alla d'vn cœur franc & net,
Caſque en teſte au lieu de bonnet,
Ouurir la maudite feneſtre,
Afin d'eſſayer ſi peut-eſtre
Il pourroit d'vn coup de ſa main
Faire tomber cét inhumain;

Mais de cette feneſtre ouuerte
Penſa bien arriuer ſa perte :
Car Encelade d'vn grand tronc
D'vn Cedre tres-grand & tres-long,
Luy pouſſant vne botte roide,
Luy fit venir la ſueur froide,
Dont tout éperdu ſans tirer,
Il ne fit que ſe retirer.
Qui n'euſt pas creu cette retraitte
La Cour celeſte eſtre défaite ;
Car quand on le vit reculer,
Chacun ſe mit à détaler.
Luy tout ſeul armé de ſon foudre,
A demeurer ſe peut reſoudre :
Mais le ſort des armes voulut
Que le Geant entrer ne put,
La feneſtre eſtant trop petite :
Et cependant d'vne guerite,
Buches, cotrés, plaſtras, fagots,
Luy viurent tomber ſur le dos,
Et puis vne chauderonnée
D'eau chaude tres-bien aſſenée,
En le brûlant, qui le croiroit,
Fit que ſon cœur chaud deuint froid,
Dont faiſant tres-laide grimace,
Il fit prendre à Mimas ſa place ;
Mimas ne demandant pas mieux,
Prit ſa place tout furieux,
Et ſe lançant dans la feneſtre,
Iupiter le voyant pareſtre,
D'vn coup de foudre qu'il tira,
Tout le muſeau luy déchira.
En cét endroit, i'oy ce me ſemble
Quelque fat, ou pluſieurs enſemble,

S'étonnant de ce que Mimas
Entroit, & l'autre n'entroit pas;
Mais j'escris sur de bons memoires,
Et s'il lisoit bien les histoires,
Il sçauroit, qu'vn Autheur escrit,
Que Mimas estoit plus petit
Pour le moins de deux ou trois picques;
Mais laissons-là ces beaux critiques,
Et retournons vn peu là haut,
Voir comme se passe l'assaut.
Au bruit de Iupiter qui tonne,
Et du tocsin qu'au Ciel on sonne,
Tous les Dieux bien embastonnez,
Et tres-bien intentionnez,
Conduits par Minerue la sage,
Vinrent où ce Dieu faisoit rage,
Et deuant qui son ennemy
Ne combatoit plus qu'à demy,
Ne songeant qu'à faire retraitte,
La partie estant si mal faite;
Outre qu'il se trouuoit fort las,
Et qu'il eust peur voyant Pallas.
Il regagna donc la fenestre,
Et Iupiter s'en rendit maistre,
Criant, courage ils sont à nous,
Les infames ont peur des coups.
Apres ce cry, vray cry de joye,
Derechef sur eux il foudroye,
Et le foudre les effrayant,
Vn chacun d'eux s'en va fuyant:
Lors Iupin prit la hallebarde
De l'vn des Archers de sa garde,
Et sur son Aigle enharnaché,
S'estant allegrement juché,

Suiuit cette maudite engeance,
Ne respirant que la vengeance.
Les Dieux à la faueur du pont,
Qui donnoit iusques au grand mont,
Sur lequel le grand Encelade
Auoit fondé son escalade,
Armez de picques & d'épieux,
Suiuirent le Maistre des Dieux.
Deuant eux la terreur panique,
Bien plus que des éperons picque,
Ces grands & démesurez corps,
Qui ne se souuiennent alors
De leurs belles rodomontades,
De leurs discours pleins de brauades,
Et qui plus poltrons que châtrez
Fuyent à trauers champs & prez
Deuant le Maistre du tonnerre,
Sans songer à faire la guerre:
Mais ce grand Dieu sage & prudent
Ne croit pas son courage ardent,
Et l'ennemy point ne méprise,
De crainte de quelque surprise;
Bien loin de croire le Dieu Mars,
Qui vouloit que de toutes parts
On courut à bride abatuë,
Criant apres eux, tuë, tuë;
Et puis de son Aigle il voyoit
L'ennemy qui se r'allioit,
Et s'en venoit teste baissée
Reparer sa faute passée.
Sans descendre donc de cheual,
(Mais attendez, ie parle mal,
Car vn Aigle estoit sa monture,
Comme l'enseigne sa peinture)

Sur son Aigle doncques monté,
Vn grand tonnerre à son costé,
Il dit ces mots (comme raconte
L'Autheur nommé Noël le Conte.)
Beaux habitans du Firmament
Ie veux que maudit soit qui ment,
Si j'épargne aujourd'huy mon foudre,
Quoy que j'aye fort peu de poudre:
Mais aussi, mes chers Citadins,
N'allez pas faire les badins,
Cecy n'est pas vne vetille,
Bien qu'il vienne d'vn coup de quille,
Il y va de tous vos écus,
Et de n'estre pas faits cocus
Par ces méchans, par ces infames,
Qui sur tout en veulent aux femmes,
Vrayment nous leur en garderons,
Ha, vrayment nous leur en ferons,
Mais ce seront de bonnes playes,
Nonobstant leurs bois de fustayes,
Et qu'ils soient tous embâtonnez,
De grands arbres déracinez ;
Mais j'espere à coups de tonnerre,
De les casser comme du verre,
Et si bien vous me secondez,
Ie les tiens tres-incommodez.
Comme il disoit ces belles choses,
Qu'on lit dans les Metamorphoses,
Messieurs les Geants furent veus
De gros bâtons tres-bien pourueus :
Encelade estoit à la teste,
Qui venoit comme vne tempeste.
Si-tost que le Dieu Mars les vit,
A courir contr'eux il se prit :

Encelade ayant fait de mefme,
Le bon Dieu deuint vn peu blefme,
Non fans raifon, craignant le choc
D'vn Geant ferme comme vn roc.
Les deux Camps firent des prieres
Voyant ces deux ames fi fieres,
Ces deux braues fi gens de bien
Se joindre, Mais ce fut pour rien:
Car auffi-toft qu'ils fe joignirent,
Par malheur ils s'entre-craignirent;
Glaiues pourtant furent tirez,
Car ils eftoiens trop éclairez.
L'vn dit, ie demande la vie,
Et l'aûtre, comme par enuie
Cria, ie la demande auffi,
Et la noife finit ainfi.
Cela fait ils fe faluërent,
Et dans leurs troupes fe meflerent,
Lefquelles auffi fe mefloient,
Déja maints durs coups y voloient,
Et Pan, d'vne conque marine,
Iufques à s'en courber l'échine
Y faifoit rage de corner
Si fort, qu'on n'oüyt pas tonner
Iupiter, qui de fon tonnerre
Auoit porté Mimas par terre;
Mais le coup n'eut aucun effet,
Sinon, qu'il en fut ftupefait.
Il fe releua plein de rage,
Et courant vers Pallas la fage,
Luy fit tomber vn horion
Iuftement fur le croupion.
Pallas d'vn coup de lance gaye
Luy fit vne profonde playe,

D'où fortit vn large ruiſſeau
De ſang noir comme mon chapeau.
Cependant le grand Encelade
Prit Mercure par ſa ſalade :
Mais ce Dieu d'vn croc qu'il donna
Ce grand homme deſarçonna.
Là-deſſus Silene l'yvrogne,
Au gros ventre, à la rouge trogne,
Pouſſant ſur luy ſon animal
Luy fit moins de bien que de mal.
O vous, qui paroiſſez en peine
Du nom de la beſte à Silene,
C'eſtoit, vray comme le iour luit,
Vn grand aſne & ce qui s'enſuit.
Or ie vay vous conter merueilles
De cet aſne à grandes oreilles ;
Tandis qu'on eſt dans le combat,
Que l'on eſt batu, que l'on bat,
Que chacun ſonge à ſon affaire,
Ce grand aſne ſe mit à braire,
Mais braire de telle façon,
Qu'à cet épouuantable ſon
Les Geants ſe mirent en fuite,
Et les vaillans Dieux à leur ſuite :
Mais ils ne pourſuiuirent pas,
Les Geants allans trop grand pas,
Ils firent halte dans la plaine,
Afin de reprendre l'haleine.
  Cependant vn valet de pié
Du vieil Saturne, eſtropié,
Par vn furieux mal de gouttes,
Fit naiſtre à Iupin de grands doutes ;
Car par vn billet enuoyé,
Dont le port n'eſtoit pas payé,

Son pere luy mandoit, qu'à Rome
Il auoit apris d'vn grand homme,
Que les Geants ses ennemis
Ne seroient jamais à mort mis,
Sans le secours & la vaillance
D'vn homme d'humaine naissance ;
Et que depuis, Nostradamus,
Homme qui n'estoit pas camus,
(Mais qui de loin sentoit les choses,
Et les connoissoit par leurs causes)
Auoit cét aduis confirmé,
Et que s'en estant informé
D'vne vieille Bohemienne,
Que l'on tenoit Magicienne,
La Magicienne auoit juré
Que c'estoit vn fait asseuré,
Que Tiresias & Prothée
Auoient mesme chose chantée,
Certain iour qu'il les fut trouuer,
Pour certain argent recouurer
Qu'vn Lacquais qu'il auoit fait pendre
Auoit eu l'audace de prendre.
Iupiter ces aduis reçeus,
Voulut vn peu resuer dessus,
Pour ne rien faire à la vollée ;
Puis ayant Minerue appellée,
Neptune, Mercure, & Bachus,
Et Vulcan patron des cocus,
Il leur dit, leur lisant la lettre,
Qu'il ne sçauoit quel ordre y mettre ;
Et qu'il se trouuoit confondu,
Par cét aduis non attendu.
Lors Minerue dit, Que mon pere
Pour cela ne se desespere,

Son fils Hercule eſt vn mortel
Si fort, ſi vaillant, enfin tel,
Que tout aura fort bonne iſſuë,
Si l'on fait agir ſa maſſuë,
Et ſon infatigable bras
Contre ces maudits Fierabras.
Cela dit, vn homme de mule
Fut dépeſché deuers Hercule,
(I'euſſe dit homme de cheual,
Mais auſſi j'euſſe rimé mal,
Et Meſſieurs de l'Academie
Ne me le pardonneroient mie.)
Là-deſſus vn Dieu foreſtier,
Grand épion de ſon métier,
Sortant de la foreſt prochaine,
Dit que c'eſtoit choſe certaine,
Que les Geants ſe rallioient,
Et que Typhon, comme ils fuyoient,
Leur auoit fait tourner viſage,
Qu'il venoit écumant de rage,
Suiuy de grands vilains ſoudars,
Portans arbres au lieu de dars.
Iupin, cette nouuelle oüye,
N'eut pas la face réjoüye,
Puis ſe r'aſſeurant à demy;
Mais à propos de l'ennemy,
(Ce dit-il) ie ne puis comprendre
A quel ſujet, ſans combat rendre,
Il s'eſt retiré ſi foudain,
Fuyant auſſi viſte qu'vn dain.
C'eſt le grand aſne de Silene,
Dit alors Mercure Cyllene,
Si-toſt qu'il s'eſt à braire mis,
Il a chaſſé les ennemis.

Vrayment, dit Iupin, il merite,
Et fa vertu n'eft pas petite,
Où l'auez -vous trouué fi beau?
Lors Silene, dans Mirebeau,
Il eft de tres-bonne famille,
Au refte , d'humeur tres-gentille,
Et qui dans le Mirebalais
A des fils qui ne font pas lais:
Iupiter fe mit à foûrire,
Mais au fond du cœur il foûpire,
Et s'il rit, c'eft du bout des dents,
Vray figne qu'il fouffre au dedans,
De ce que fon bruyant tonnerre,
Ne fuffit à finir la guerre.
Là deffus vn bruit furieux
Fit perdre la couleur aux Dieux:
Ce bruit, plûtoft cette tempefte,
Leur ayant fait tourner la tefte,
Ils direut, Dieu foit auec nous,
Car, helas ! ils tremblerent tous,
Ils virent cét épouuentable,
Ce monftrueux, ce redoutable,
Ce grand vifage de Griffon,
Cet incomparable Typhon,
Affreux, par les étranges mines
De fes cent teftes ferpentines,
Qui venoit auec fes cent mains
A la tefte de fes Germains.
Chaque main branloit vne gaule
Pour laquelle Amadis de Gaule
Auroit, certes, tout fait fous luy;
Le plus grand homme d'aujourd'huy
Sans auoir lunettes d'aproche
N'euft pû difcerner fon nez croche ;

De plus cét homme sans égal
Estoit bel homme de cheual,
Estoit des plus grands Politiques,
Et sçauant és Mathematiques ;
Pour moy, ie ne l'ay pas veu ; Mais
Allez voir *Natalis Comes,*
Il vous en dira dauantage.
Les Dieux donc, faillis de courage,
Ne sçeurent, le voyant venir,
Quelle contenance tenir :
Iupin, seul digne de sa charge,
A son foudre mit double charge,
Et s'en alla le foudroyer;
Le grand Typhon sans s'effrayer,
Attendit ce grand coup de foudre
Qui le deuoit reduire en poudre,
Et ne daignant s'en remüer,
Il n'en fit rien qu'éternüer,
A cause qu'il sentoit le souphre ;
Lors tirant, comme d'vn grand gouffre,
De sa bouche vn rot éclattant,
Ce grand rot fit du bruit autant,
Et plus mesme que le tonnerre,
Dont quelques Dieux tombans à terre
Penserent se rompre le cou ;
Le Geant en rit comme vn fou,
Et dit se tournant vers ses freres,
Voila de rudes aduersaires.
Mars se sentant ainsi picquer,
S'aduantura de l'attaquer,
L'abordant auec vne hache,
Et bien couuert d'vne rondache.
Typhon qui ne l'apprehenda,
Chiquenaude luy débenda

Droit au milieu de la poictrine,
Et le renuerſa ſur l'échine.
A ce coup, qui les Dieux ſurprit,
Et qui leur fit perdre l'eſprit,
Le bon Iupin ſans dire gare
Tres-vergogneuſement démare,
(Pour ſon grand aigle, il prit l'eſſor
Où l'on m'a dit qu'il eſt encor)
Minerue montra qu'en viteſſe,
Elle égaloit vne tigreſſe,
En vn mot, tous les autres Dieux
Se ſauuerent à qui mieux mieux.
Typhon aymant le brigandage,
S'alla ruer ſur le bagage,
Au lieu que s'il les euſt chaſſez,
Ils s'en alloient tous fricaſſez :
Mais autrement la Deſtinée
Auoit cette choſe ordonnée,
Et l'on peut dire que le vin
Sauua lors le peuple Diuin ;
Car dans le quartier des Silenes,
Quantité de bouteilles pleines
De vin d'Orleans tres-fumeux,
Aux Geants, yvrognes comme eux,
Furent d'aſſez fortes entraües,
Pour arreſter long-temps ces braues ;
Outre que Monſeigneur Typhon
Se mit à faire le bouffon,
Ayant auallé trop d'vn verre.
Cependant le lance tonnerre,
Et tous ſes génd'armes peureux,
Regardoient ſouuent derriere eux,
Eſtonnez que ces beſtes fieres
Ne leur tailloient point de croupieres :

Mais helas ! leur étonnement
Ne dura quafi qu'vn moment.
Typhon en fort peu d'enjambées
Vit dans fes grandes mains tombées
Mefdames les Diuinitez :
Lors Iupin de tous les coftez
Voyant fa ruine certaine,
S'enfuit dans la foreft prochaine,
Tous les Dieux en firent autant.
Typhon de rire s'éclatant,
Fit au Ciel mille petarades,
Et mille plaifantes gambades,
Criant, Iuppiter eft fanglé,
Et ie le tien comme en vn blé :
Mais bien fouuent l'homme propofe,
Et Fortune autrement difpofe.
Iupiter fe faifant Belier,
Luy fit vn tour de fon métier,
Sa femme Iunon deuint Vache,
Neptune vn Levrier d'atache,
Mome Singe, Apollon Corbeau,
Bachus vn Bouc, Vulcan vn Veau,
Pan vn Rat, Venus vne Chevre,
Le Dieu Mars vn grand vilain Liévre,
Diane femme d'vn Marcou,
Mercure Cigogne au long cou :
Enfin fans changer de nature,
Les Dieux changerent de figure ;
Et dans la foreft fe cachans,
Firent la nicque à ces méchans.
Ces méchans & toute leur bande
Font dans la foreft rumeur grande,
Eux & Typhon bien étonnez
De n'y trouuuer qu'vn pied de nez.

Typhon en fureur déracine
Le grand arbre comme l'épine,
Court la forest de bout en bout,
Et de ses cent bras brise tout.
Cependant des Dieux la brigade,
Ou bien plûtost la mascarade
File vers le païs fertil
Qu'arrouse le fleuue du Nil,
Et Typhon confondu, s'afflige
De n'en trouuer aucun vestige :
Mais bien-tost il les reuerra,
Et trop tost, car il en mourra.
Vous verrez dans ces Chants qui suiuent,
Comme mal meurent qui mal viuent.

Fin du troisiéme Chant.

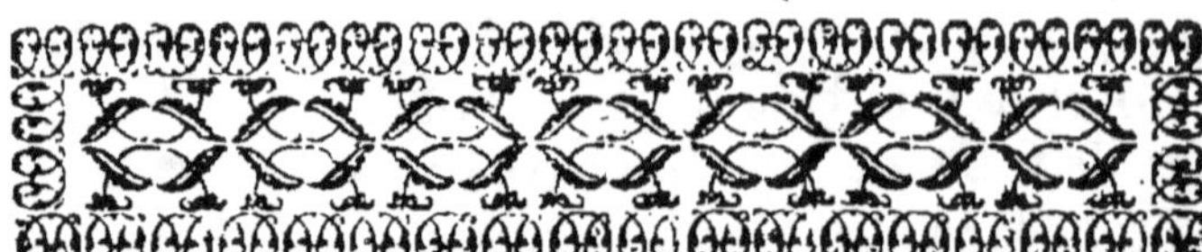

TYPHON,

OV LA

GIGANTOMACHIE.

POËME BVRLESQVE.

CHANT QVATRIE'ME.

IL estoit entre chien & loup,
Lors que Iupiter fit son coup,
Et changea les Diuines testes
En autant de terrestres bestes.
Ces Dieux affligez & dolents,
A cheminer ne sont pas lents,
Ils vont du pied comme des Basques;
Et ny plus ny moins que des Masques
Qui viennent de perdre vn Momon,
Ne s'entredisent rien de bon :
Mais l'œil triste, & la teste basse,
S'éloignent d'où le taupe masse
Leur a donné mortel échec,
Mettant leurs pochettes à sec.
Ces pauures Dieux masquez de mesme,
L'œil pleurant & la face blesme,
De se voir ainsi debellez
Par ces Colosses rebellez,

Auoien

Auoient perdu le mot pour rire,
S'entre-regardoient fans rien dire,
Chacun trauerfant les guerets,
Faifant à part mille regrets,
Tant de fe voir fans nulles bottes
Patroüiller au milieu des crottes,
Que de leur bagage perdu,
Qui ne leur fera point rendu.
Enfin fi bien ils cheminerent,
Et fi bien les pieds ils menerent,
Qu'vn matin ils virent les eaux
Du fameux fleuue au fept canaux;
A l'afpect des eaux fouhaittées,
Toutes les Deïtez crottées
Rallentirent vn peu leurs pas,
L'ennemy ne les fuiuant pas :
Et puis Iupin chargé de laine
Commençoit à manquer d'haleine,
Et n'alloit plus que d'vn gigot,
Ayant vne épine à l'ergot
Qui le contraignit de fe rendre,
Et fe coucher fur l'herbe tendre ;
D'où toft apres s'étant leué,
Apres auoir vn peu refué,
Il fit en Grec cette Harangue
Que ie vous donne en noftre langue,
Helas, mon Dieu, que dira-t'on,
De Iupin deuenu mouton ?
Et que diront de nous les hommes
Au piteux eftat où nous fommes?
O mes bons amis traueftis,
De grands nous voilà bien petits,
Mais deffus nous la Deftinée
Ne fera toûjours acharnée ;

C

Nous voila tantoſt dans Memphis,
Où ie feray trouuer mon fils,
Et d'où comme d'vne embuſcade
Nous irons donner camiſade
Au rebelle malicieux
Qui nous croit eſtre dans les Cieux.
Cependant, il faut que Mercure
Change viſtement de figure,
Et que dérobant en paſſant
Quelque habit à quelque paſſant;
Car entrer tout nud dans la ville,
La choſe feroit inciuile;
Il s'en aille nous acheter,
Quelque argent qu'il puiſſe coûter,
Dequoy nous mettre en équipage:
Le Dieu Mercure à ce langage,
Sans répondre ny barguigner,
Sans auſſi se deſcigoigner,
Vers la ville prit ſa volée;
Puis voyant certaine aſſemblée
D'hommes nuds qui le long du Nil
Cherchoient des nids de Crocodil,
Il s'en alla l'aiſle baiſſée,
Comme vne Cigoigne laſſée,
S'aſſeoir auprés de ces gens-là:
Eux alors crians, prenons-la,
Coururent apres la Cigoigne:
Le Dieu tant ſoit peu d'eux s'eſloigne,
Feignant toûjours d'eſtre bien las:
Puis ſoudain tournant ſur ſes pas,
D'vn de leurs habits il s'empare,
Et tres-joyeuſement s'en pare,
Se faiſant voir au lieu d'oyſeau,
Vn tres-honneſte Damoiſeau.

Toute la troupe bafannée,
De ce grand prodige étonnée,
S'enfuit, & Mercure vétu,
Suiuit vn grand chemin batu,
Qui le mena droit à la ville,
Où bien-toft comme tres-habile,
Chez vn Iuif, Ifac appellé,
Il changea fon habit volé,
Et dreffa tout fon équipage,
Pour des perles qu'il mit en gage,
C'eftoit le collier de Venus,
Qui lors habilla les Dieux nuds.
Enfin pour abreger mon conte,
Si long déja que i'en ay honte,
Il acheta d'Abnelcao,
Efcuyer du Roy Pharao,
Vn fort beau mulet de voiture,
Animal de grande ftature.
Cela fait, faute de valet,
Touchant deuant luy fon mulet,
Et par fois luy montant en croupe,
Il alla retrouuer fa troupe.
Il diftribüa promptement
A chacun fon habillement.
Les Dieux auffi-toft fe vétirent,
Et joyeufement le fuiuirent;
Il les mena droit à l'écu,
Dont l'hofte eftoit vn peu cocu;
Sa femme eftant vn peu coquette,
Qui certes fut bien fatisfaite,
De voir chez elle ces beaux Dieux,
Si bien faits, & fi gracieux.
Or comme le gouffet des hommes,
Au moins de ce Siecle où nous fommes,

Put le plus fouuent vn peu fort,
Et quelquefois plus qu'vn Rat mort;
Il eſtoit des Dieux au contraire,
Leur gouſſet ne faiſoit que plaire,
Et leur aiſſelle n'exhaloit
Qu'odeur qui le nez conſoloit.
Cette odeur inaccoûtumée,
Auoit la maiſon parfumée,
Et le quartier l'eſtant auſſi,
Chacun ſe diſoit, qu'eſt-ce-cy?
Enfin cette vertu celeſte,
A tout Memphis fut manifeſte,
Et comme gens venus de loin,
Qui ſentoient bien fort le Benjoin,
Et meſme quelque odeur meilleure,
A l'écu faiſoient leur demeure.
Or vn iour qu'ils eſtoient ſortis,
Ils furent des grands & petits
Regardez par grande merueille;
On s'entrediſoit à l'oreille
Ce qu'on penſoit que Iupin fut,
Mais ſans jamais donner au but.
Enfin ſelon la voix publique,
Que lors chacun crut ſans replique,
Ils furent des Egyptiens
Eſtimez des Comediens,
Quoy qu'à la pluſpart cette bande
Paruſt & trop riche & trop grande.
Or ie penſe auoir oublié
Que Iupin auoit enuoyé
Querir le vaillant fils Dacmene,
Et qu'il ſe trouuoit bien en peine
De ce que huit iours attendu,
Il ne s'étoit encor rendu

Aupres de Monſeigneur ſon pere;
Cela le mettoit en colere,
Outre que la fuite des Dieux
L'auoit rendu capricieux.
Enfin vn iour de la feneſtre
Il vit de loin ſon Fils paroiſtre,
Il courut à luy comme vn fou,
Et penſa ſe rompre le cou;
Le grand Amphitrioniade
Luy fit profonde genoüillade,
Puis, aux bras deſſus; bras deſſous,
Aux, comment donc vous portez-vous,
La Troupe des Dieux & Deeſſes
Luy virent faire des careſſes:
Lors les Dieux ſi bons & ſi beaux
Furent veus pleurans comme veaux,
Quoy qu'au beau milieu de la ruë,
Où la foule s'étant accruë
De ceux qui les conſideroient,
Et qui Iupiter admiroient,
Car il auoit repris la mine
Du Dieu qui dans le Ciel domine,
Et les autres Dieux l'imitans,
Auoient les muſeaux éclatans.
Iupiter fit vne grimace
Qui fit peur à la populace.
Lors quelqu'vn dit, quittant ce lieu,
C'eſt ie me donne au diable, vn Dieu,
Ie le connois à l'encoulure,
Et mieux encor à ſon allure,
Car il ne va pas comme nous,
Mais ſeulement gliſſe tout doux
Comme l'on fait deſſus la glace.
Ce bruit courut de place en place,

C iij

De carrefour en carrefour,
Et paruint vers le point du iour,
Iufqu'aux oreilles du grand Preftre,
Qui tres-curieux de conneftre
Si l'on difoit la verité,
Tout à l'heure bien affifté
Des plus apparens de la ville,
Troupe tres honnefte & ciuile,
S'en alla trouuer Iupiter,
Afin de le complimenter,
Luy portant mainte chofe exquife,
Dont cette region fe prife :
De vray baume quatre poinfons,
Du Nil quantité de poiffons,
Enuiron deux cens Crocodrilles,
Vingt Ichneumons, cinq cens anguilles,
Trois Hipopotames priuez,
Et deux paires de gans lauez.
Puis fçachans qu'il eftoit en guerre,
Ils offrirent encor leur terre,
Et s'il vouloit dans leurs Eftats,
De faire leuer des Soldats.
Ce Dieu leur dit en recompenfe,
Qu'il leur vouloit donner difpence
D'eftre, s'ils vouloient, gens de bien,
Et fans qu'il leur en couraft rien,
Qu'ils feroient exempts de vermine,
De pefte, de guerre & famine,
Et que leur fleuue tout de bon
Ne leur feroit jamais faux-bon.
Cependant le pauure Mercure,
Contre fa Diuine Nature,
Ne fit ce iour-là que pefter :
Car le feuere Iupiter

L'enuoyoit pour auoir nouuelles
Du deſſein qu'auoient les rebelles,
Voulant ſe mettre ſur leurs pas
Alors qu'ils n'y penſeroient pas.
Il part, il reuient , & raporte
Que Typhon auoit fait en ſorte
De mettre Oſſe ſur Pelion,
Et diſoit, fier comme vn Lyon,
Que bien-toſt malgré le Tonnerre,
Madame ſa mere la Terre,
Verroit ſes enfans dans les Cieux,
A la barbe de tous les Dieux.
La nouuelle eſtoit veritable ;
Car cét eſcadron redoutable,
Apres auoir eu vain cherché
Son ennemy trop bien caché,
Eſtoit retourné ſans remiſe
A ſa temeraire entrepriſe,
Et ſur les morceaux concaſſez
Des Monts l'vn ſur l'autre entaſſez,
En auoit déja planté d'autres,
Bien plus grand que ne ſont les noſtres.
A cela , Iupin dit, Il faut
Battre le fer quand il eſt chaud.
Hercule à qui la main demange,
Enrage déja qu'il ne mange
Le grand Typhon à belles dens ;
Les autres ne ſont moins ardens ;
Car d'Hercule le fier langage
Leur auoit hauſſé le courage.
Enfin par vn beau Samedy,
Des grands Dieux l'eſcadron hardy,
Alla remonter ſur ſa beſte,
Chacun ayant l'eſprit en feſte,

C iiij

Presage du succez heureux
Que ces courages genereux
Deuoient auoir en Thessalie.
A moy seroit grande folie
De rapporter exactement
Quel fut leur acheminement :
Vous suffise qu'ils arriuerent
Prés des Geans, qu'ils se camperent,
Et que Iupiter & son Fils,
(De Tonnerres faits à Memphis.
Il auoit pleine vne charette)
Allerent la nuit sans trompette,
D'vn foudre qui tout entamoit,
Réueiller le chat qui dormoit :
Ce chat estoit, ne vous déplaise,
Typhon qui dormoit à son aise,
Pensant bien de son échaffaut
N'auoir plus à faire qu'vn saut
Iusques au Trône de l'Olympe.
Mais bien bas cheoit qui trop haut grimpe,
Comme ceux qui cecy liront,
Dans vne page ou deux verront.
A ce fracas épouuentable,
Typhon le Geant redoutable
Sauta du lit en calleçons,
Et tous ces grands mauuais garçons
Quitterent bien-tost la paillace,
Et bien peu s'en fallut la place :
Mais leur frere les rasseura,
Qui tant que cette nuit dura
Voulut qu'on se tint sur les armes,
Pour faire la nique aux alarmes.
Tout aussi-tost que le iour vint,
A la hâte conseil il tint ;

Typhon leur reprocha la crainte
Dont ils auoient eu l'ame atteinte
Au bruit qu'auoit fait Iupiter,
Et dit qu'on ne deuoit douter
Du succez de leur entreprise,
Puis que l'ennemy par surprise
Ayant dessus leur camp tiré,
N'auoit autre chose operé
Que donner nouuelle asseurée
Que dedans la voute azurée
Les Dieux s'étoient allez cacher,
Qu'il les en falloit dénicher,
Que pour cet effet Encelade
Iroit hazarder l'escalade,
Soutenu de Porphirion,
D'Athos, d'Asie, & d'Echion,
Et de cent, partie armez d'arbres,
Partie aussi jettans des marbres.
Typhon auoit bien raisonné,
Mais il n'auoit pas deuiné
Que ce méchant coup de tonnerre
Estoit stratageme de guerre,
Pour faire croire aux conjurez
Que les Dieux s'étoient retirez
Dedans leur celeste demeure ;
Ils le creurent à la malheure :
Mais de leur superbe échaffaut
Iupin leur fit prendre le saut,
Et contraignit de faire gille
Le grand Typhon iusqu'en Sicille,
Où de dessous le Mont Ætna,
Pû sortir du depuis il n'a.
Ce iour-là n'eust rien de notable,
Sinon que sans quitter la table,

C v

Ce grand Typhon & ſes conſors.
Se remplirent ſi bien le corps,
Que cependant le fils d'Alcmene
Recônnut tout leur camp ſans peine.
Cependant les Dieux dans les bois
Eſtoient cachez entapinois;
Pour Mars enragé de ſe battre,
Il falut le tenir à quatre,
Dont Iupin bien forr s'offença,
Et quaſi deux fois le caſſa.
Mais Venus, la mere d'Enée,
Fit que ſa faute pardonnée,
Iupiter rien n'en témoigna,
Et le voyant le bien-veigna.
L'autre Chant vous apprendra comme
Fut occis Typhon le pauure homme;
Et ſous vn Mont enſulphuré
Eſtroitement claquemuré.

Fin du quatriéme Chant.

TYPHON,
OV LA
GIGANTOMACHIE.
POËME BVRLESQVE.
CHANT CINQVIE'ME.

MVse qui regis le Comique,
Viens à moy de grace, & me picque,
Viens du son de ton flageolet
Me rendre l'esprit tout folet.
Vainement ie songe & resonge,
Et mes pauures ongles ie ronge,
Sans pouuoir de mon froid cerueau
Tirer le moindre vermisseau;
Viens-en viste fondre la glace,
Afin-vistement que j'en fasse;
Fay-moy bien décrire en beaux vers,
Les horions, & les reuers
Qu'en ce combat les Dieux donnerent,
Où si bien les mains ils menerent,
Que les Geants, & leur grand Chef
Furent deffaits par grand méchef;
Comme Typhon, au lieu d'Azyle,
Trouua sa mort dans la Sicile,
Où certain mont assommé l'a,
Et contraint de demeurer-là,

C vj

En recompenſe ie te vouë
Vn maſque qui fera la mouë,
Et le ſacrifice plaiſant
D'vn petit Singe mal-faiſant.
Courage, mon feu ſe r'allume,
Cà mettons la main à la plume,
Et du rude Culebutis
De ces grands hommes mal bâtis,
Faiſons vne gaye peinture,
Qui ne ſente point la Torture,
Et les maux que malgré mes dents.
I'ay reſſentis depuis ſix ans.
Holà petit faiſeur de carmes,
Qu'a-t'on à faire de vos larmes,
Finiſſez voſtre lay plaintif,
Sans faire icy tant du chetif.
    Cette meſme nuit qu'Encelade
Deüoit planter ſon eſcalade,
Iupin & ſon Fils déguiſez
En deux marchands deualiſez
Qui redemandent leurs beſongnes,
Cachans bien leurs diuines trongnes,
Allerent au camp ennemy
Voir s'il n'eſtoit point endormy :
Par les feux allumez qu'ils virent,
Et par le bruit qu'ils entendirent,
Iupin vit bien qu'au lendemain
Il faudroit agir de la main.
Toſt apres ce grand Roy du monde,
Armé du tonnerre qui gronde,
Et ſon Fils, ce grand Fier-à-bras,
Ayant ſa Maſſe ſur ſon bras,
Virent aiſément les rebelles
Qui montoient au Ciel ſans échelles,

Comme l'Olympe blanchissoit,
Et l'Aurore la nuit chassoit.
Lors Iupiter joüa du foudre,
Et mit leur montagnes en poudre;
(Il estoit tireur tres-adroit,
Et son foudre six coups tiroit.)
Sur ces montagnes foudroyées,
Comme menu poivre broyées,
Ces grands hommes à demy-morts,
Imprimerent leurs vastes corps;
Aucuns comme en vn Cymetiere
Demeurerent dans la poussiere,
Aucuns estourdis seulement,
N'y demeurerent qu'vn moment.
Apres cette mortelle aubade,
Les grands Dieux de leur embuscade
Vinrent auecques de grands cris,
Autant qu'auroient fait des esprits,
Effrayer la Giganterie ;
Et lors commença la turie,
Lors fit merueille de peter
Le Tonnerre de Iupiter.
A la faueur de ce Tonnerre,
Alcide vray foudre de guerre,
A chaque coup quelqu'vn abat,
En met plusieurs hors de combat ;
Enfin, finit la destinée
Du redoutable Alcionée,
De sa masse l'écarboüillant,
Et de son sang noir barboüillant
Le museau crotté de sa mere,
Ce qui luy fut douleur amere.
Des occis il fut le premier,
Mais il ne fut pas le dernier.

De ceux dont le vaillant Alcide
En ce combat fut l'homicide.
Baccus fait des exploits diuins,
Se trouuant lors entre deux vins,
Son Tirse enuironné de lierre,
Va brisant tout comme vn tonnerre :
Les Menades suiuent leur chef,
Ayant aussi du vin au chef,
Et de leurs grands coups scandalizent
Maints Geants qu'elles cicatrizent.
Apollon le tireur adroit,
D'Ephialte créve l'œil droit,
Hercule luy créve le gauche,
Mercure de son sabre fauche
Les jambes de Porphirion,
Mimas d'vn puissant horion
Fait sauter à Mars la rondache,
Mars luy répond d'vn coup de hache,
Et le fend malgré son escu,
Depuis la teste jusqu'au cu :
Atropos fit tomber Pallene
D'vn coup de quenoüille dans l'ayne,
Et Clotho luy mit promptement
Vn fuseau dans le fondement :
Enfin les Dieux faisoient merueilles,
A bien donner sur les oreilles
De leurs superbes ennemis.
Deux ou trois desquels à mort mis,
Leur faisoient facilement croire
Que le Ciel auroit la victoire :
Mais ceux qu'on croyoit foudroyez
Lors que les monts furent broyez,
Virent faire tourner la chance,
Ou du moins dresser la balance,

Qui lors deuers les Dieux panchoit :
Car Eurite le pied lâchoit,
Eurite, qui cette journée,
Plus d'vne preuue auoit donnée
D'vn grand arbre fait comme vn dart,
Qu'il estoit valeureux sourdart,
Il en estoit à la parade,
Alors que suruint Encelade,
Suiuy de tous ces furieux
Qui venoient de manquer les Cieux,
Cét enragé, du tronc d'vn chesne
Entama le flanc à Silene,
Et luy cassa du mesme coup,
Malheur qui l'affligea beaucoup,
Vne bouteille grande & belle,
Pendante à l'arçon de la selle :
Lors qu'il vit couler son vin blanc,
Qu'il regretta plus que son sang,
Il demeura comme stupide,
Et sans l'assistance d'Alcide,
Encelade qui redoubloit,
Tres-asseurément l'accabloit :
Lors l'on vit monter & descendre
Maint dur coup sur mainte chair tendre:
Lors maint beau corps par grand peché
Fut tres-cruellement haché :
Lors mainte Deesse foulée
Maudit mille fois la meslée :
Cependant que faisoit Typhon
Auec son grand nez de Griffon?
Ha vrayment ie veux vous le dire :
Il ne s'amusoit pas à rire,
Il se battoit contre Iupin,
En chaque bras ayant vn pin,

De chaque bras faifant la rouë,
Et faifant à Iupin la mouë,
Car toujours quelque bras paroit
Autant de coups qu'il luy tiroit;
Iupin en maudiffoit fa vie:
Enfin, aueuglé de l'enuie
De venir de fon homme à bout,
Il voulut hazarder le tout,
Et s'aprocha branlant vn foudre,
Penfant bien le reduire en poudre;
Mais vn furieux moulinet
Luy brifa fon foudre tout net;
Et comme il vouloit en reprendre,
Typhon eut le temps de s'étendre,
Et de le faifir au colet,
Le traittant de maiftre à valet,
Luy donnant mille craquignoles,
L'outrageant de mille paroles,
Dont le pauure Dieu mal-mené
Euft voulu lors eftre damné.
Des grands Dieux par cette nouuelle
Se troubla bien fort la ceruelle,
Outre que ces maudits Geants,
Les alloient fort endommageans:
Mercure & le vaillant Alcide
Y coururent à toute bride,
Et Mercure voulut rufer
Deuant que de la force vfer
Prenant toute la reffemblance
D'Hebé la Dame de Iouuence,
Pour laquelle ce Dieu fçauoit
Que Typhon grand amour auoit:
Typhon courant à fa maiftreffe,
Laiffe choir Iupin qui fe dreffe,

Et qui voyant qu'il tallonnoit
Hebé, qui toûjours s'éloignoit,
D'vn petit tonnerre de poche
Luy fresle toute la caboche ;
Puis Hercule d'vn grand reuers
L'ayant fait tomber à l'enuers,
Ces trois Dieux sur luy chamaillerent,
Et ses cent bras luy mutilerent :
Iupiter vouloit l'acheuer,
Mais Iris qui le vint trouuer,
Luy dit que la trouppe Celeste
Estoit en danger manifeste,
Et qu'il la falloit secourir :
Et lors Iupiter de courir,
Laissant le Geant sur la place,
Tremblant & froid comme la glace.
Il trouue en arriuant les siens
Las & recrus comme des chiens,
Qui tout le long d'vne journée
Ont quelque biche mal menée ;
Mais à sa voix on reprend cœur,
Le vaincu deuient le vainqueur ;
L'ennemy recule & s'étonne,
Ce Dieu sur luy tonne & retonne,
Et ses deux Fils suiuant ses pas,
Montrent bien qu'ils ne dorment pas.
Le grand Alcide à coups de masse
Assomme, renuerse & fracasse ;
Mercure de ses moulinets,
Coupe plusieurs membres tous nets :
Enfin tous les Dieux firent rage,
Venus y montra son courage,
Et d'vn Geant pris au colet,
Par Mars, son tres-humble valet

D'vne épingle entama la fesse,
Criant, i'ay peur qu'il ne me blesse,
Et Mars, d'vn grand estramaçon
Acheua ce pauure garçon.
En suitte, Hercule tuë Eurite,
Pan Thoon, Mercure Hypolite,
Lequel mourut bien irrité,
Car il n'auoit iamais esté
Mis à mort, iusques à cette heure;
Mimas ayant à la malheure,
Occis par grande trahison,
Du vieil Silene le grison,
Mars d'vne profonde blessure
Fit voir le iour à sa fressure.
Athos tomba sous l'espadon
Dont ioüoit le Dieu Cupidon,
Diane fit mourir Asie.
Thoon ayant Iunon saisie,
Fut par Vulcan, & par Cerés,
Tué de son propre Cyprés:
Pallas au furieux Pallante
Montra bien qu'elle estoit vaillante,
Le tuant de deux coups d'estoc,
En suitte, elle soûtint le choc
Que luy vint donner Encelade,
Et d'vne grande coustillade
Luy faisant ouuerture au flanc,
Luy tira l'ame auec le sang;
Neptune du grand Polibote
Ayant éuité mainte botte,
Le fit choir d'vn coup de Trident,
Et puis l'acheua d'vn fendant;
Ceux-là morts, tous ceux qui resterent
Le combat plus ne contesterent,

Qui ça, qui là, chacun s'enfuit,
Et chaque Dieu quelqu'vn d'eux suit:
Enfin ceux qui fuyent & suiuent,
Courans à qui mieux-mieux, arriuent
Droit ou Typhon auoit esté
Par Iupiter si bien frotté ;
Mais ce furieux personnage
N'auoit pas perdu le courage,
Il estoit depuis vn moment,
De son long estourdissement
Réueillé secoüant l'oreille,
Et lors l'on vid vne merueille,
Car il fit plus auec ses pieds,
Que ses bras non estropiez
N'eussent fait dedans la bataille;
Il appella les siens canaille,
Et se meslant parmy les Dieux,
En blessa les plus furieux :
Lors, aux Geants reuint l'audace,
Au cœur des Dieux reuint la glace,
Et n'eut esté que Iupiter
Eut credit de les arrester,
Ces pauures Dieux sans nulle doute
S'en alloient mis en vauderoute,
S'en alloient estre déconfits ;
Mais Iupin, & son vaillant fils
Au deuant de Typhon allerent,
Et de deux costez l'attaquerent,
Il s'en épouuentoit fort peu,
Mais se voyant couuert de feu,
Et sentant les coups de massuë,
Il n'espera plus bonne issuë
De son combat mal entreprit ;
Et lors, la crainte d'estre pris

Luy faifant montrer les pofteres,
Il s'enfuit fuiuy de fes freres ;
Et Iupiter de foudroyer
D'vn long tonnerre à giboyer,
Dont Phlegre put encor le foulphre,
Qu'il exhale par plus d'vn gouffre.
Cependant Typhon arpentoit,
Et de lieuë en lieuë fautoit
Si vifte, que de Theffalie,
A paffer jufqu'en Italie,
Il ne fut quafi qu'vn moment,
Tant il courut legerement.
Iupiter à grands coups de foudre
Fait tout ce qu'il peut pour le moudre,
Et de terre en terre le fuit :
Enfin ce malheureux s'enfuit
Se cacher dedans la Sicile,
Mais ce luy fut vn pauure Azile,
Iupiter d'Ætna le couurit,
Et comme au trébuchet le prit.
Depuis, les feux que la montagne
Vomit fouuent fur la campagne,
Furent crus les foûpirs ardans
De Typhon enfermé dedans.
Ainfi prefque toûjours le vice
A la fin trouue fon fuplice,
Et jamais la rebellion
N'éuite fa punition.
Tous les autres fils de la terre
Furent détruits par le tonnerre,
Et feruirent en diuers lieux
De trophée au maiftre des Dieux,
Et moy ie mets fin à mon conte,
Tiré du Sieur Noël le Conte.

Fin du Cinquiéme & dernier Chant.

FACTVM,

OV

REQVESTE,

OV TOVT CE QV'IL VOVS PLAIRA.

Pour Paul Scarron, Doyen des Malades
    de France,

Anne Scarron, pauure vefue deux fois
    pillée durant le bloccus.

Françoise Scarron, mal payée de son lo-
    cataire : enfans du premier lit de
    feu Maiftre Paul Scarron Confeil-
    ler en Parlement; tous trois fort in-
    commodez, tant en leurs perfonnes
    qu'en leurs biens, defendeurs.

Contre Charles Robin fieur de Sigogne, mary
    de Magdelaine Scarron.

Daniel Boilleau fieur du Pleßis, mary de Claude
    Scarron : Et Nicolas Scarron, enfans du fe-
    cond lit, tous fains & gaillards & fe ré-

joüiſſans aux dépens d'autruy, deman-
deurs.

TOut le monde ſçait que le bon-homme
Scarron pere des demandeurs & defendeurs
a veſcu toute ſa vie en Philoſophe , & ſi l'on
veut , en Philoſophe Cinique. Il fut le meilleur
homme du monde, & non pas le meilleur Pere
enuers ſes enfans du premier lit : Il a menacé
cent fois ſon fils aiſné de le desheriter, parce qu'il
luy oſoit ſouſtenir que Malherbe faiſoit mieux
des vers que Ronſard, & luy a predit qu'il ne feroit iamais fortune , parce qu'il ne liſoit pas la
Bible , & n'eſtoit iamais éguilleté.

Il ne faut pas s'eſtonner ſi vn homme ayant
ces maximes là , n'a iamais ſçeu s'il auoit du
bien , ou non : Sa ſeconde femme Françoiſe de
Plaix , la plus plaidoyante Dame du monde , luy
en ayant tellement oſté la connoiſſance , qu'en
vne maladie qu'elle eut , qui fit peur à ſon mary
d'eſtre veuf, il la conjura de luy laiſſer apres ſa
mort vne penſion de ſix cens liures. Il a pourtant laiſſé aſſez de bien à ſes enfans, s'il eſtoit
également partagé , & ſi tout n'eſtoit d'vn coſté,
& rien de l'autre.

Il a laiſſé dans le monde trois enfans du premier mariage , & autant du ſecond, qui ſe ſont
portez pour Heritiers auec leur mere , & ſe ſont
emparez du bien, ſelon la couſtume des enfans
d'vn ſecond lit.

Les enfans du premier lit ont demandé le bien
de leur mere , & la part qui leur appartient en celuy de leur pere, il y a ſix ans qu'ils plaident , &
trois ans que leur procez eſt en eſtat, ſans pou-

uoir le faire juger, à caufe des chicaneries inoüies du fieur de Sigoigne , mary dĕ l'vne des filles du feçond lit, qui fe dit l'ame de leur procez , (ce font fes propres termes) ie vous laiffe à penfer fi cette ame-là, eft bonne ou mauuaife.

Il s'eft perfuadé qu'à la longue le fort empor-teroit le foible , & que la foibleffe & la pau-ureté de fes parties , ne pouuant refifter à la force de fes chicaneries , & au credit de fes pa-rens, ils feroient à la fin contraints d'abandou-ner le procez.

Voicy les deux raifons inuincibles dont il fe fert pour refufer à fes parties le bien de leur mére , & ce qui leur appartient en celuy de leur pere.

La premiere eft, qu'il a oüy dire à vn bon Re-ligieux , grand amy du Confeffeur de la niepce d'vne blanchiffeufe , qui eftoit fœur de la fem-me de Chambre de la premiere femme du bon-homme Scarron fon beau-pere ; qu'eftant à l'ex-tremité de fa vie , elle auoit demandé pardon à fon mary de ne luy auoir point apporté de bien ; que cette femme de Chambre l'auoit dit à cet-te blanchiffeufe, cette blanchiffeufe à la Niep-ce, cette Niepce à fon Confeffeur, ce Confef-feur à ce bon Religieux , & le bon Religieux qui n'auoit pas voulu mentir au fieur Sigoigne ; *Ergo*, gluc.

La feconde, qui n'eft pas fi longue à rapporter. Que Françoife de Plaix fa belle-mere, feconde femme du bon-homme Scarron , luy auoit pro-mis folemnellement par contrat de mariage , que fes enfans du premier lit n'auroient iamais part au bien de la maifon , qui eftoit affez confiderable,

puis que ladite de Plaix a auoüé que du viuant de
ſon mary, il montoit à vingt mille liures de ren-
te, ſi bien que ſans ſon jeu, & ſans les banquerou-
tes que l'on luy a faites, à cauſe qu'elle mettoit
ſon argent à trop gros intereſt, elle ſe ſeroit bien-
toſt miſe à ſon aiſe, elle qui eſtoit aſſez auare,
pour auoir vn iour fait apetiſſer les trous de ſon
ſucrier. I'en pourrois conter cent ſtratagémes de
ménage, auſſi plaiſans que rares, ſi ie n'auois icy
deſſein de faire pitié plûtoſt que de faire rire.

Meſſieurs des Requeſtes du Palais n'ont pas
beaucoup deferé à ces belles raiſons-là; ayant
condamné les enfans du ſecoud lit, de reſtituer
à ceux du premier, ce qu'ils ont reconnu leur ap-
partenir, auec dépens.

Vn Arreſt de la grande Chambre alloit confir-
mer la ſentence des Requeſtes, quand l'ingenieux
Sigoigne fit interuenir à vn ſeellé que l'on fit à la
mort de leur mere, vn nommé Pannier, Paguier,
ou Paſquier, ou comme il vous plaira; car on
n'a iamais bien ſçeu, ni comme il s'appelloit, ni
d'où il eſtoit, ni qu'il eſtoit, ni meſme s'il eſtoit,
tant y a qu'vn Procureur nommé Bruſlé, interuint
pour Panier Huguenot, Aduocat de la Rochelle,
diſant qu'il auoit gagné au Hoc trois mille francs
audit Sigoigne, qu'il s'entendoit auec ſes parties pour ne payer pas, & qu'il demandoit le
renvoy de l'affaire à l'Edit.

On remarquera que la promeſſe eſt faite la
veille de l'interuention.

La Chambre de l'Edit allant donner vn Arreſt
au rapport de Monſieur Seuin, le meſme fantoſ-
me a reparu de nouueau, qui demande éuocation en vn autre Parlement.

On

On a fait sommer Sigoigne de faire cesser les poursuites de son creancier particulier. On peut voir sa réponse dans la sommation produite sous la cotte D.

Ie laisse à juger à Messieurs du Conseil, si vn procez doit estre éternel, parce qu'vne des parties a joüé de malheur au Hoc.

Si le Sieur de Sigoigne n'est pas obligé pour son honneur de nous faire voir enfin ce merueilleux Pannier.

Si Paul Scarron malade depuis vnze ans, & encore plus pauure que malade, est en estat d'aller plaider à Castres, luy à qui vne seule visite qu'il a faite depuis peu chez Monsieur le Chancelier, a causé vn grand mal de dos, & luy a fait dire plus de deux mille helas, plus de deux cens, ie renie ma vie, & autant de maudit soit le procez.

S'il est raisonnable que les enfans du second lit, ayent des chiens courans, & des carosses, tandis que Paul Scarron qui n'a point d'autre bien que son procez, est endetté par dessus la teste, & a lassé tous ses amis ; Qu'Anne Scarron va dans les ruës de son pied, la teste la premiere, & crottée jusqu'au cul, façon de marcher qu'elle a retenuë de son pere.

Que Françoise Scarron qui est plus propre & plus delicate, n'a pas le moyen d'aller en chaise, & gâte quantité de beaux souliers.

Enfin, si les chicaneries peuuent estre renduës immortelles, & si il n'y va pas de la reputation des Iuges, que ce pauure malade soit contraint de se faire porter de la porte du Conseil, à celle d'vne Eglise.

Messieurs du Conseil sont trop justes, pour n'ar-

D

rester pas le cours de tant de chicaneries ; & si ils
sont assez indulgens pour ne pas faire roüer tous
vifs le frere & les beaufreres des enfans du premier lit, & prendre leurs femmes comme recel-
leuses, pour auoir vollé leurs propres freres &
sœurs dans la capitale du Royaume, & à la barbe
de la Iustice, plus hardiment qu'on ne fait dans
les grands chemins ; Au moins seront-ils assez
justes pour les condamner aux dépens, dommages & interests enuers les enfans du premier lit.
Amen.

Monsieur de la MARGVERIE Raporteur.

CABOVD Aduocat.

SVITE
DV FACTVM.

Es causes d'euocation, dont se sert Nicolas Scarron
contre les defendeurs sont si ridicules, qu'on a ne-
gligé de les destruire dans le Factum.

C'est la coûtume des demandeurs de faire des produc-
tions vaille que vaille, & de se mettre peu en peine s'ils
scandalisent les Iuges, pourueu qu'ils empeschent de
juger.

Les defendeurs agissent autrement, & ne produisent
rien il y a long temps, de peur d'allonger le procez, &
de faire croire aux Iuges qu'ils se deffient de leur bon
droit.

Messieurs du Conseil sont trop clair voyans, pour ne
trouuer pas les causes d'euocation de Nicolas Scarron
aussi foibles, que celle de l'inuisible Pannier, si tant est

qu'il y ait vn Pannier autre part que dans l'imagination forte du sieur Sigoigne, qui aura bien de la peine à prouuer par vn certificat de Ministre, qu'il y a vn Aduocat Huguenot à la Rochelle nommé Pannier.

Et si ce bon ioüeur de Hoc, n'est pas vn fantôme, au moins est-il vn étrange homme de fermer les aureilles à l'offre que font les defendeurs de le payer, sauf leur recours contre Sigoigne, & il faut qu'il ait l'ame bien chicanante d'aymer mieux vn procez que le payement d'vne dette, en vn temps où l'argent est si cher.

Quoy, que Pannier & les demandeurs agissent par vn mesme esprit de chicane, il y a pourtant cette difference entr'eux, que Pannier refuse ce qu'on luy doit pour faire durer vn procez, & les demandeurs font durer vn procez pour refuser ce qu'ils doiuent.

Mais c'est trop parler de Pannier, reuenons à Nicolas Scarron.

Les parens qui luy sont communs auec ses parties ne sont que trois, Pierre Scarron Euesque de Grenoble, Conseiller honoraire, Iean Scarron sieur de Vaujour, & Prosper Bauin. Ceux de ses beaufreres, ne luy doiuent pas estre suspects, puis qu'il a mesme interest qu'eux, s'est porté comme eux heritier pur & simple, qu'il joüit du bien comme eux ; qu'il le mange comme eux ; qu'il ayme le bien comme eux, & le rendra comme eux le plus tard qu'il pourra.

Pour rendre la chose vray-semblable, il a fait vne querelle d'Allemand, à ses sœurs, & à ses beaufreres, & leur a demandé aussi bien qu'aux defendeurs, vne prouision de vingt mil liures, le pauure enfant, qui n'a que vingt six ou vingt-sept ans, & qui pourroit déja auoir augmenté le nombre des viuans de quelques vns de sa façon, s'est contêté six ans durant de quelque argent, que luy ont donné ses beaufreres, pour acheter des tartelettes, & des toupies, & ne s'est auisé de demander du bien que six semaines deuant l'éuocation, & cependant il est aisé de prouuer, qu'il est bien suiuy, bien monté, bien vestu, & bien nourri, & s'il n'a encore rien contracté de mauuais de l'affinité de ses consors, il ne niera pas, qu'il n'ait auoüé à Paul Scarron son frere, qu'il receuoit également auec ses sœurs le reuenu de la succession,

furquoy on le feroit jurer , fi cela n'allongeoit point le
procez.

Les enfans du premier lit deuroient bien plûtoft que
luy , demander vne prouifion , mais ils efperent que
Meffieurs du Côfeil les mettront bien-toft en eftat d'a-
uoir vn Arreft du Parlement, qui confirmera la Senten-
ce des Requeftes du Palais , qui leur a adjugé tous dépens , dommages & interefts.   C'eft la feule efperance
dont le pauure Paul Scarron repaift fes creanciers, gens
acariaftres qui ne goûtent point fa Poëfie, & qui fur vn
Poëme de mille vers burlefques , ne luy feroient pas
credit d'vn double.

l'auois oublié que les enfans du fecond lit , ne plaident que fur des ouy dire & des coniectures , & ceux du
premier fur des Contracts & Quittances , & que ces
mefmes enfans du fecond lit, ont creu que leurs parties
eftans enfans auffi bien qu'eux du bon homme Scarron,
qui croyoit fa feconde femme en toutes chofes , deuoient par bien-feance auoir la mefme ciuilité pour les
enfans de ladite feconde femme , qui font leurs freres ,
& qu'ils ne voudroient pas degenerer de leur pere, dans
fa fimplicité & fon indifferance pour le bien , vertus
qu'ils fouhaittent plus que toutes autres à leur parties.